W9-CCO-546

DATE DUE

NORMAN BRIDWELL

EL DÍA DEPORTIVO DE

Cuento e ilustraciones de **NORMAN BRIDWELL**

Traducido por Teresa Mlawer

SCHOLASTIC INC.

New York   Toronto   London   Auckland   Sydney

Para Jennifer Naomi Morris

ISBN 0-590-69070-1

12 11 10 9 8 7 6   05 06

Printed in the U.S.A.   23

First Scholastic printing, March 1996
Colorist: Manny Campana

—Mi nombre es Emily Elizabeth. Mi perro se llama Clifford.

La semana pasada lo llevé a mi escuela para el Día de la

Competencia Deportiva.

Clifford nunca había asistido a una Competencia Deportiva.

Los profesores de gimnasia habían planeado
diferentes carreras y juegos para ese día.

La primera era una carrera en sacos.

Clifford quería participar.

El entrenador dijo que tenía que meter

las cuatro patas dentro de un saco.

Encontré un saco lo suficientemente grande para él.

Y la carrera comenzó.

¡CATAPLUM!

A Clifford le concedieron una "A" por su esfuerzo.

Luego tuvo lugar la carrera de tres piernas.

Esta vez Clifford lo hizo mejor,
pero yo quedé un poco adolorida.

Clifford vio a unos niños que participaban
en una carrera de obstáculos. Parecía divertido.

Clifford tomó
impulso . . .

¡Y trató de saltar todos los obstáculos de una sola vez!

Saltar obstáculos no era tan fácil
como él se había imaginado.

El siguiente evento era gimnasia.

En eso sí que Clifford era bueno.

Obtuvo la máxima puntuación: 10.

Luego los niños se dividieron en dos equipos
para tirar de la soga.

Clifford se dio cuenta de que nuestro equipo perdía . . .

. . . y se apresuró a ayudarnos.

A los otros niños no les gustó,
y se quejaron al entrenador.

El entrenador me dijo que Clifford no podía jugar más.

La competencia llegaba a su fin.

El último evento era un juego de softball.

Clifford se quedó para verlo.

Yo sabía que él quería ayudarnos,

De repente, el equipo contrario bateó la pelota lejos . . .

Clifford no trató de cogerla.

¡Pero sí logro detener al niño a tiempo!

Aunque Clifford no nos ayudó a ganar el juego . . .

. . . se convirtió en el héroe
del Día de la Competencia Deportiva.